Cuando tu abuela te regala un limonero

PARA MI MAMÁ, QUIEN FUE LA PRIMERA EN ALENTARME A EXPLORAR MI PASIÓN POR LA ESCRITURA, Y QUE SIEMPRE ME HA AYUDADO A CONVERTIR LOS LIMONES EN LIMONADA. –J.L.B.D.

PARA MI ABUELA JOAN Y MI ABUELA DEE –L.R.

NOTA DE LA AUTORA:

En 2015, a mi esposo Ricky le diagnosticaron un tumor cerebral.
A pesar de todo lo que le ha ocurrido, su valentía y fortaleza siguen siendo una inspiración para nuestra familia y para muchas otras personas. En su honor, y en honor a otros pacientes con tumores cerebrales y con cáncer infantil que hemos conocido a lo largo de esta experiencia, hemos incluido un lazo gris y otro dorado en las ilustraciones para generar conciencia sobre estas enfermedades y mostrar nuestro apoyo a todos los afectados.

STERLING CHILDREN'S BOOKS
New York

An Imprint of Sterling Publishing Co., Inc.

LOS LIBROS INFANTILES STERLING y el logo, distintivo de los libros infantiles Sterling, son marcas registradas de Sterling Publishing Co., Inc.

Traducción del inglés por Eriksen Translations.

ISBN 978-1-4549-4411-9

Distribuido en Canadá por Sterling Publishing
a/c Canadian Manda Group, 664 Annette Street
Toronto, Ontario M6S 2C8, Canadá
Distribuido en el Reino Unido por GMC Distribution Services
Castle Place, 166 High Street, Lewes, East Sussex BN7 1XU, Inglaterra
Distribuido en Australia por NewSouth Books,
University of New South Wales, Sídney, NSW 2052, Australia

Para obtener más información sobre ediciones personalizadas, ventas especiales y compras premium y corporativas, comuníquese con el departamento de ventas especiales de Sterling al 800-805-5489 o envíe un correo electrónico a specialsales@sterlingpublishing.com..

Fabricado en China

Lot #:
2 4 6 8 10 9 7 5 3 1
7/21

sterlingpublishing.com

Cuando tu abuela te regala un limonero

ESCRITO POR
JAMIE L. B. DEENIHAN

ILUSTRADO POR
LORRAINE ROCHA

STERLING CHILDREN'S BOOKS
New York

Esperabas uno de estos:

Pero, ¡sorpresa! Es un . . .

. . . LIMONERO.

¿Qué debes hacer cuando tu abuela te regala un limonero por tu cumpleaños?

Primero que nada, finge que te gusta.

Tu cara debería verse así:

No así:

Y, definitivamente, no así:

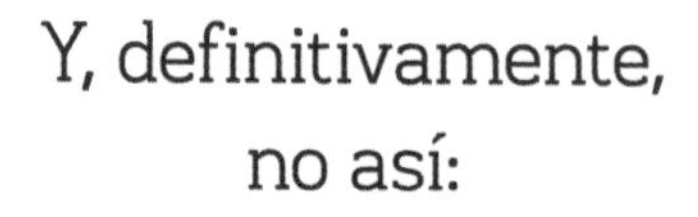

Luego, di algo amable. Prueba con:

"Gracias. Justo lo que . . . ¿necesitaba?"

Continúa sonriendo hasta que tu abuela se vaya (o se quede dormida) y no dañes tu limonero.

NO:

lo tires desde un puente.

lo ates a tus globos de cumpleaños.

le toques el timbre a un vecino y le dejes
el limonero en la puerta.

Ahora, presta atención. Esto es importante.

Coloca tu limonero en un lugar soleado.

Ten cuidado de no regarlo demasiado.

Y prepárate para luchar contra los intrusos.

Cuando llegue el invierno, mantén tu limonero calientito.

Luego, espera.

Y espera.

Y espera un poco más.

Cuando la nieve se derrita, será hora de
regresar tu limonero afuera.

¡BIEN HECHO!

Bueno, puedes decorar tu limonero.

O esconderte detrás de él. Sal, sal, ¡dondequiera que estés!

Pero, ¿sabes qué es aún más divertido?

¡Recoger limones!

¡Yupi!

Recógelos. Córtalos. Exprímelos.
¡Vamos! ¡Exprime, exprime y exprime otro poco más!

¡Ta-raaaa! Ahora tienes jugo de limón.

Pero no creíste que te dejaría solo con el jugo de limón, ¿verdad?

Por supuesto que no.

¿Recuerdas esos regalos que esperabas recibir?

Es bueno que te mantengas concentrada.

mi cumpleaños
1 perro robot
2 Dron
3 computadora
4 Telefóno
5 Auto de control remoto
6 Auricular
7
GRAN TIENDA -20%

Reúne estos ingredientes:

1. Jugo de limón.

2. Agua.

3. Una pizca (o un puñado) de azúcar.

4. Puesto de limonada llamativo.

Añádele una sonrisa encantadora y . . .

...¡CLINC!

Cuenta tu dinero y vete a la tienda.

Ahora por fin puedes comprar exactamente lo que tú quieres.

Lola

Algo que realmente puedes disfrutar.

Y COMPARTIR CON OTROS TAMBIÉN.

2019